露西實驗室 3

Lucy's Lab 3——The Colossal Fossil Fiasco

神祕化石事件

導讀1

科學實驗，從小地方著手

張東君／科普作家

其實大部分的人，不管是小學三年級或是大學三年級，都一樣沒有自己的實驗室，所以假如你不像露西那樣擁有一個自己的實驗室，也完全沒關係。不過，只要你看了這個故事，就會知道科學實驗的重點並不在於你有沒有實驗室，而在於有沒有好奇心、喜不喜歡科學，以及有沒有渴望求知、發現問題、追究過程與結果的探險精神。

《露西實驗室》的故事其實很簡單。露西發現學校裡的橡樹不見了，而以橡樹為家的松鼠也連帶沒有了棲身之處，更沒有辦法收集橡實當食物。更何況不只松鼠，還有不少的鳥類、昆蟲等動物，也不再能夠利用那棵橡樹躲避天敵或在上面休息了。真是牽一髮而動全身。於是露西就鼓起勇氣去問校長為什麼要把橡樹砍掉，並在聽到校長的回答之後，自己動腦筋想要解決這個問題。在這個時候，需不需要尋求幫助、能不能找到幫手和資源、幫手可不可靠，就是另一個階段的問題了。

於是，我們知道科學觀察可以從自己周遭的小事著眼、著手，不一定非得要是轟轟烈烈的大發明、大發現才是研究。有新想法、新發現和新問題的時候，也不要怕被笑（有些研究真的很好笑，也真的會被人取笑，卻也對科學很有幫助。所以在科學上有一個「搞笑諾貝爾獎」，就是在鼓勵這類的研究），做自己的觀察和研究就對了。因為，凡事開心最重要啊。

導讀2

露西的每一天多麼充實好玩！

黃筱茵／兒童文學工作者

你喜歡科學嗎？你覺得我們能怎樣在生活裡觀察與發現更多有趣的知識呢？如果學校生活能充滿科學研究的樂趣，又能在自己家設置一間實驗室，豈不是太酷了嗎？看《露西實驗室》時，我感覺自己身體裡對自然的喜愛完全被喚醒，我也跟露西一樣，很想知道教室外的大橡樹到哪裡去了，很想戴上護目鏡，觀察化石和鳥巢。生活周遭全是可以探索的事物呀，我的腦際出現一個接一個不斷延伸連結的思考泡泡，感覺世界無比曼妙美麗。

在故事裡，露西剛升上三年級。她發現學校裡有很多事變得不同，她換了老師和教室，新教室裡不但有科學實驗室，甚至還有一具高大的人體骨骼——骨頭先生。其實，不只是環境不一樣了，三年級的露西除了學習新知識和新的觀察方法，也練習勇敢表達自己的意見。她向校長抗議，說大橡樹是許多松鼠的家，學校應該再種植一棵樹。雖然最後學校執行這件事的方式跟露西心裡的想像完全不同，她終歸清晰的傳達了自己的意志，並且用合宜的手段與成人進行溝通，這是成長過程中十分重要的學習與里程碑呢！

我很喜歡這則故事的另一個原因，是露西在生活裡旺盛迸發的自主學習意志。看她耐心的把小時候的「遊樂屋」改造成嶄新的、專屬於露西的實驗室，你可以預見她的每一天將會多麼充實好玩——露西可以把她發現的形形色色東西都好好研究一番，石頭、葉子、羽毛、昆蟲，所有的一切都不再被視為理所當然的存在，生活因而散發奇妙的光采。跟著露西一同細細感受，如此成長的歷程啊，又何嘗不是一連串的驚奇呢?!

目錄

CONTENTS

第1章

下雪天

「露西，你看外面！」湯瑪士喊道：「趕快來！」

湯瑪士盯著客廳的窗外瞧，身上還穿著他的暴龍圖案睡衣。

「不必趕，」爸爸對湯瑪士說：「我不認為雪很快就會停。」

我走到窗邊，站在我的弟弟身邊。我自己的法蘭絨睡衣

又暖和、又舒服，但我有點希望我的睡衣像湯瑪士的一樣，可以包住腳。即使站在客廳的地毯上，我光溜溜的腳趾頭還是冷冰冰的。

外面下了一整夜的雪，雪花在院子裡瘋狂的飛舞轉圈。車庫門前積了雪，雪地上有兩道車輪的痕跡，那是媽媽開車出門上班時留下的。我等不及要到外面去玩了！

「爸爸，」我問道：「你覺得我們——」

我話還沒說完，廚房裡的電話響了。幾乎就在同一剎那，爸爸的手機開始發光。

爸爸咧嘴一笑。「機器人打電話來了。你覺得我們應該接聽嗎？」

「爸爸！」我跑到廚房，接起桌上的電話：「喂？」

「花—崗—小—學—通—知—您，」電話的那一頭響起電腦語音。「由—於—天—氣—惡—劣，花—崗—小—學—將—於—今—日—關—閉。謝—謝—。」

「謝謝你，」我對著電腦語音說，然後掛上電話。「太好了！今天是下雪天！」

原本看著窗外的湯瑪士轉過頭來，問道：「機器人為什麼要打電話給我們？是因為要告訴我們下雪了嗎？」

湯瑪士才四歲。生活中有很多事情，他還不懂。

我解釋說：「湯瑪士，那不是真的機器人。那只是一種自動撥號電話，打來告訴我今天不必上學！」

「那我今天要上學嗎？」湯瑪士問。他還不到上幼兒園的年齡，但他以為他去的「唯愛日間托兒所」就是學校。我看看爸爸。我不確定托兒所有沒有自動撥號語音系統。

爸爸說：「湯瑪士，你的學校照常開放。你今天要和平常一樣去上學。」我弟弟露出一張苦瓜臉。爸爸又說：「至於我，我最好開始提供鏟雪服務，否則會有顧客不開心。」

爸爸趁著湯瑪士上樓換衣服時，喝掉他的咖啡，多拿了幾雙手套。在夏天，爸爸是庭園景觀師，工作是種灌木、修草坪。在冬天，他的工作是鏟除人行道和停車場的積雪，變成了「清道夫」！

爸爸對我說：「在送湯瑪士去托兒所之前，我會先載你到圖書館。」

謝天謝地，我們和黛麗安阿姨有個約定。下雪天時，我就待在黛麗安阿姨工作的圖書館裡。可拉表姊和我會幫她把書歸回架上，我們可以找一間自修室，在裡面閱讀，也可以找一間討論室，在裡頭放聲大笑。

「為什麼我不能去圖書館？」湯瑪士再次出現，戴著在俄亥俄州的奶奶編織的冬帽。那是一頂綠色的帽子，後面有恐龍尖角。

爸爸咧嘴笑了一下，說道：「因為花崗市對恐龍進入公共圖書館有嚴格的規定！」

第2章

人物傳記

到了圖書館前，我跳下爸爸的卡車。上了鎖的圖書館大門內，可拉已經在那裡等我了。圖書館真正的開館時間是九點半，但我有特殊待遇，因為我是兒童圖書館館員的外甥女。

「你相信嗎？」可拉問道：「今天是我們三年級的第一個下雪天！」

花崗市立
圖書館

她的聲音和平常一樣宏亮又興奮。沒關係，圖書館還沒有開。

我告訴她：「爸爸認為，到了明天，雪就會全部融化，因為地面還不是非常冰冷。所以，我們最好趕快到戶外玩雪。」

可拉聳聳肩，說道：「我媽媽說，在午餐時間之前，我們都要待在圖書館裡面。吃完午餐之後，我們才能出去。」

這對我不是問題。我有很多研究要做，整個早上都待在圖書館裡，聽起來完美極了。

「你最想先看什麼書？」我問可拉，雖然我早就知道答案是什麼。可拉一直是辛蒂・史巴可的瘋狂書迷。原因我也可以理解。可拉絕對可以當那些書的封面模特兒。可拉和辛蒂都有一頭蓬鬆的金髮。兩個人都喜歡粉紅色和紫色，兩個人都一定要穿閃閃發亮的衣服，至少要有一點閃亮。

「傳記。」可拉回答。

我想，我的眼珠子這時一定突出得像蚱蜢的眼睛一樣，幾乎要掉出眼窩了。

「傳記？真的假的？」

「真的！」可拉說：「跟我來！」身穿著粉紅色裙子，腳蹬著桃紅色芭蕾鞋的可拉，轉著圈圈、蹦蹦跳跳，朝著

「人物傳記」書區而去。

我喜歡傳記。有時候，傳記書有點厚，但裡頭有圖畫或照片，還有關於真實人物令人驚嘆的故事，而且大部分的字我都認識，或是可以猜得到意思。有時候，傳主甚至還在世！

可拉在兩排書架間往前走。她伸出一根手指，一路輕撫過架上所有書的書背。

「不對、不對。不是這本。不對、不對、不對、不對。」

「你要找什麼啊？」我問：「或者說，你要找『誰』呀？」

「不對、不對、不對，都不對。」可拉回頭朝著我的方向走來，她的手指現在伸往更高的架位。她找書找得很專心，甚至沒有聽到我講話。

我決定先自己到處看看。有一本書是關於尼爾·阿姆斯壯的。我知道他是第一個踏上月球的人。我的老師菲莉波曾經和我們全班說過。她知道很多關於外太空的事，因為她曾經去過外太空一次。我告訴別人我的老師以前是太空人時，大部分人都不相信，但她曾經是個太空人，千真萬確。

書架上，有總統的傳記，還有總統妻子的傳記（她們叫「第一夫人」），也有棒球運動員、游泳選手和電影明星的傳記。它們看起來全都很有趣，但我想找的書不在「傳記」書區。我的腦海深處有別的東西在盤旋。

「可拉，我要去用電腦查。」我說。

「不對、不對，那本也不對。」可拉答道。她的手指碰到的位置是從地板數來第四層高的書架，她必須踮起腳尖才碰得到。

哇！她找書實在找得很專心。我無法想像她想讀的究竟是誰的傳記。我往電腦走去，想好好查一下我要找的書。

很幸運的，黛麗安阿姨教過可拉和我，怎麼用線上目錄找圖書館裡所有的書。嗯，我想我應該提醒可拉這件事。算了，等她的手指在書背上跑累了，她就會來使用電腦的。

我在搜尋欄裡鍵入「完美寵物」。螢幕上的小圓圈轉了幾秒後，出現一長串書單。我讀了一些書名：《如何照顧水族箱的魚》、《訓練家中的新狗兒》等等。

如果我不知道自己想要哪種寵物，我根本不需要知道如

何照顧或訓練寵物。

我決定換個搜尋字詞：「選擇寵物」。啊哈！搜尋結果現在看起來好多了。

桌上除了電腦，還有一些紙片和短短的鉛筆。我寫下我想要的書的書號，輕手輕腳的走到兒童非小說書區。這時候，圖

書館已經開門了，民眾陸續到達，安靜的在門口跺著腳，清掉靴子上的雪。

上個星期，我聽到媽媽和爸爸在廚房講話。我很確定他們不知道我在那裡，因為我走進廚房時，他們立刻變得很安靜，然後開始聊什麼時候可能會下雪。但是我知道，在這之前，天氣不是他們談的話題。他們談的是要再養一隻寵物！史隆來我們家很久了，牠是有史以來全世界最棒的狗狗，只是我們家每個人都喜歡動物，我從很久、很久、很久以前就一直拜託他們，讓我再養一隻寵物。

如果我們家要養一隻新寵物，我就得研究全世界每一種寵物，這樣我們才能養到世界宇宙無敵一級棒的寵物。

可拉手裡拿著一本書，踩著階梯下來時，我正好找到了我要找的書——《如何選擇適合你的寵物》。她一定已經尋遍了所有「不對」的書，最後找到「沒錯」的那一本。「你找到什麼書？」我問道。

可拉微笑，把書封給我看。

「《圖坦卡門王：華麗的法老》，」我讀出書名。「這就是你在找的人物嗎？」

「沒錯。」可拉回答。

「圖坦卡門王和辛蒂·史巴可，真的、真的很不一樣。」

「不對，他們沒有那麼不一樣，」可拉語氣堅定的說：「圖坦卡門王是第一個穿戴亮片服飾的人。」她翻著書頁，找到一張照片，裡頭是小巧的金屬亮片。它們已經沒有什麼光澤，而且看起來十分陳舊。「看到沒有？閃亮亮的圖坦卡門王！」

她說得一點也沒有錯。

圖坦卡門王
華麗的法老
路易斯・布魯貝瑞著

第3章

午餐時間的意見調查

第二天，陽光燦爛，可是爸爸說錯了，雪並沒有很快就融化。草地和樹上仍然有很多積雪。路面都已經清理乾淨，但我還是等到最後一刻才換掉溫暖的睡衣，以防今天再一次接到機器人打來的電話。

等到最後一刻，機器人還是沒有打電話來，反而我因此幾乎要錯過校車。幸好，我的校車司機麥克亨利先生按了喇叭，等我上車。我穿著我嶄新的棕色雪靴，一路跑到人行道上。

棕色是我最喜歡的顏色，因為全世界最美好的事物都是棕色的：巧克力、泥巴、土裡的小蟲。還有，我的頭髮，甚至連菲莉波老師的頭髮，也都是棕色的。

菲莉波老師是全世界最好的老師，我們班教室是全花崗小學最棒的教室。可拉和我同班，娜塔麗也是，還有遠道從阿拉巴馬州搬來這裡的喬琪雅，還有艾傑和泰莎，還有——

「呆頭鵝露西！」我走下校車，棕色靴子才碰到地面，就聽到史都華的聲音。我決定不理他。

「呆、頭、鵝、露、西！」史都華喊得更大聲了，於是我回頭看他。

「史都華，做什麼啦？」我問。

史都華笑了，布洛迪也是。只要史都華笑，布洛迪一定會跟著笑。「沒做什麼。」史都華說：「只是想要看看你知不知道你的名字嘛！呆、頭、鵝、露、西！」

我對著史都華大大的翻了一個白眼，然後走開。離史都

華遠遠的，向來都是個明智的決定。

我們的校長詹姆絲女士站在大門內側。

「歡迎回來上學。」她說道：「希望你們昨天放假過得開心。」

我對詹姆絲校長微笑。我在想，昨天的下雪天，不知道她一整天在學校裡做什麼。她獨自一人在廳堂廊道裡到處巡視嗎？我想要問她，但我急著趕去我們班教室。

菲莉波老師對每個人微笑招呼。我把背包掛在我的名牌下方的鉤子上。往我的座位走去時，我注意到骨頭先生。骨頭先生是菲莉波老師最喜歡的學生。他總是安安靜靜，一點聲音也沒有。他能一直完全靜止不動。

他是一副人體骨骼。

而今天，破天荒頭一遭，骨頭先生的脖子上圍著毛料紅色圍巾。不，應該說，是他的鎖骨上圍著圍巾。就在上週，敏兒在下課時間從鞦韆上摔下來，鎖骨骨折，我們因此學到什麼是鎖骨。菲莉波老師說，骨折就是骨頭裂開，但沒有斷。骨頭先生不只鎖骨上圍了圍巾，還戴了一雙紅色連指手套，包住他瘦瘦長長的手。

我不禁笑了，可拉問我：「嘿，露西，什麼事這麼有趣？」

「那個……。」

就在這時，菲莉波老師拍了手三下，我知道這表示：

「安靜。」

「我等一下再告訴你。」我輕聲對可拉說。

菲莉波老師對我們宣布今天的計畫。

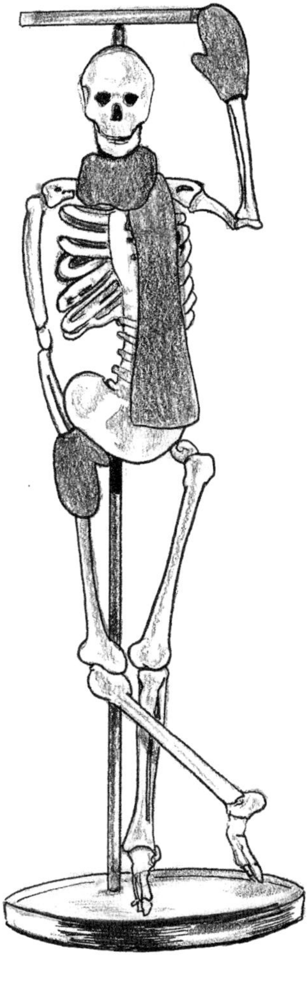

「因為學校昨天放假，我們今天要做的事情就變多了。」她說。全班同學一聽到事情變多，就一陣唉聲嘆氣。然而，菲莉波老師說，如果我們早上展現了高度生產力，她就會在午餐後開放科學實驗室。

「高度生產力」的意思是，完成了很多事。

午餐時，我決定來個調查。菲莉波老師總是在做調查。調查就是問許多人同樣的問題，然後研究他們的答案。午餐時，我們有六個人坐在同一桌：娜塔麗、卡爾、羅根、可拉、敏兒和我。敏兒的右手臂戴著黑色吊帶，那應該是用來保持肩膀穩定，讓她的鎖骨可以復元的。我想，要做調查，六個人應該夠了。

我說道：「大家聽我說，我正在研究寵物的事。」

羅根說：「我對寵物過敏。」

敏兒堅定的說：「你不可能對所有寵物都過敏。」

「我就是。我對牠們的毛髮過敏。」

「那，昆蟲沒有毛髮。」

卡爾說：「你可以養隻甲蟲當寵物，或是養隻蚱蜢。」

「昆蟲很無趣。」羅根聳聳肩說道：「反正，我不認為我是喜歡寵物的人。」

「可是，我喜歡啊。」我回答道：「而且，我認為我的爸爸媽媽很快就會讓我們多養一隻寵物。」

「噢！」可拉跳了起來。她好興奮，幾乎要打翻她的「幻紫魔力公主」午餐盒，「那就養一隻兔子！」

「兔子不錯。」敏兒表示同意。

「豈止不錯！」可拉說：「牠們不但毛絨絨，而且好柔軟！牠們小小的鼻子——」可拉快速上下扭動她的鼻子。正在用吸管喝牛奶的羅根開始大笑。我本來覺得牛奶一定會從他的鼻孔噴出來，但是他及時把牛奶吞進肚子裡去。

校監農夫先生走過來，請可拉坐下來。我想他應該很慶幸，羅根的牛奶沒有從鼻子噴出來。農夫先生每天都要

清理很多噴濺出來的牛奶。

鐘聲響起時，調查結果如下：兔子一票，螳螂一票（想也知道是卡爾），小丑魚一票，大丹狗一票，還有一票是「什麼寵物都不要」。我認為，除了午餐小組，我應該擴大研究範圍。

第4章

我有一個好名字

回到我們班教室，菲莉波老師站在教室前方，拍了拍手，要我們全部保持安靜。

「我答應過你們，今天下午會開放科學實驗室，」她說：「你們在吃午餐時，我在實驗室裡多放了一些新標本，讓你們觀察。」

每個人都回過頭，看看菲莉波老師在實驗桌上放了什麼，但是桌上的東西被一塊白布蓋住了。

「嘿！」史都華大叫，無視於班級公約有一條輕聲細語的規定。「大家看！骨頭先生！」

我猜之前只有我注意到骨頭先生圍著新圍巾、戴著新手套，站在教室後方。現在全班都發現了，

頓時一片嘻嘻哈哈、嘰嘰喳喳，菲莉波老師必須再次拍手，要大家安靜下來。

「沒錯，史都華。」菲莉波老師微笑說道：「我給了骨頭先生一些冬天服飾，以搭配昨天的下雪天。」接著，她的微笑轉為皺眉。「很抱歉，我找不到一頂可以相配的帽子。我覺得他的頭骨看起來有點冷，你們覺得呢？」

菲莉波老師走到教室後面，站在實驗室桌旁。她一邊掀開覆蓋在實驗桌上的白布，一邊問道：「好，小科學家們，有人猜得到我們的新實驗單元是關於什麼主題嗎？」

我坐在第一排，離科學實驗室相當遠，於是我站起來，想看得更清楚。羅根、卡爾和傑克也是。桌子上看起來有很多石頭。

「是石頭嗎？」海瑟猜道。

「海瑟，你說對了一半。」菲莉波老師舉起一塊扁平的灰色石頭，繼續解釋道：「這些標本的有趣之處在於它們裡頭有某些東西。」

「鑽石！」柯林猜道。

「很蠢耶……」史都華對柯林說：「鑽石不是從石頭裡蹦出來的啦！」

柯林繃起臉說：「沒有錯，鑽石就是從石頭裡挖出來的。我媽媽說，她的結婚戒指上的那顆鑽石，就是來自鑽石礦！」

史都華張開嘴巴，想要繼續與柯林爭辯，但是菲莉波老師及時打斷他們。

「鑽石是珍貴的寶石，」她說：「而且確實是從岩石裡開採出來的，有時候甚至是在很深的地底。」

柯林點頭。現在換史都華擺出一張臭臉。

「不過，我可以確定，你們不會在我今天帶來的標本裡找到任何鑽石。」菲莉波老師說：「鑽石的產地大部分位於非洲。等輪到你進科學實驗室時，請用你的眼睛和放大鏡觀察這些石頭，看看你是否能在裡頭找到任何化石。」

「化石是什麼？」莎拉問道。

「恐龍！」講話的人又是柯林。我從來不曾看過他在科學課這麼興奮。

「沒錯。很久以前存在於地球上的生物，通常會變成化石留下來。」

菲莉波老師走回教室前方，打開她的電腦。白板亮了，我們可以在白板上看到老師在螢幕上看到的內容。

「化石是線索。」她說：「很久以前，地球上究竟住了哪些生物，化石能告訴我們一些蛛絲馬跡。我們來看看一些知名的化石。」

菲莉波老師給我們看各種有印記在上面的石頭。有些印記看起來像蟲，有些像葉子，還有一個看起來像烏龜。

菲莉波老師說：「這個化石非常有名，你們認為那是什麼？」

我們全班都盯著白板上的照片瞧。

葛文舉手發言：「牠看起來像一隻鳥。」

「葛文，你為什麼會認為牠是鳥？」菲莉波問道。

「因為牠有翅膀。」葛文回答。

「而且牠有長喙。」艾傑補充說道。

「還有人想說說看嗎？」菲莉波老師問。這時，安娜麗莎舉起手，菲莉波老師點到她回答。

「安娜麗莎？」

「牠可能是一隻小恐龍……」她說。

「你這麼認為的原因是？」

「因為牠有長長的腳，」安娜麗莎的頭擺向左，又向右，說：「我想，那些應該是腳。」

菲莉波老師說：「非常好！我的小科學家們。這其實是一隻始祖鳥的化石。你們說的都對。科學家相信，牠曾經是鳥，也是恐龍。始祖鳥的化石在超過一百五十多年前被發現，但是牠的生存年代大約是一億五千萬年前。」

全班同學同時發出「哇！」的一聲。

「研究化石的科學家相信，這種類似恐龍的始祖鳥，就是我們在庭院看到那些飛來飛去的鳥類的祖先。」

我仔細的觀察白板上的圖像。我可以看得出來，始祖鳥是怎麼演變成現代鳥類。

下一張照片裡的東西，絕對不是恐龍。它看起來像骨頭先生，只是有些骨頭不見了。

「那是一個人。」傑克平靜的說。

「沒錯，它被認為是早期的人類。」菲莉波老師表示同意，「雖然它仍然和你我非常不一樣，不過科學家在觀察這樣的化石時，只要把它們和其他化石做比較，就能知道人類隨著時間過去有什麼樣的變化。」

我發現菲莉波老師在對我微笑。我不知道原因，只好也對她微笑。

「這個有名的化石有個名字。」菲莉波老師告訴我們：「『露西』。」

每個人都看著我笑，但我並不覺得難為情。我認為和有名的化石同名是一件很酷的事。

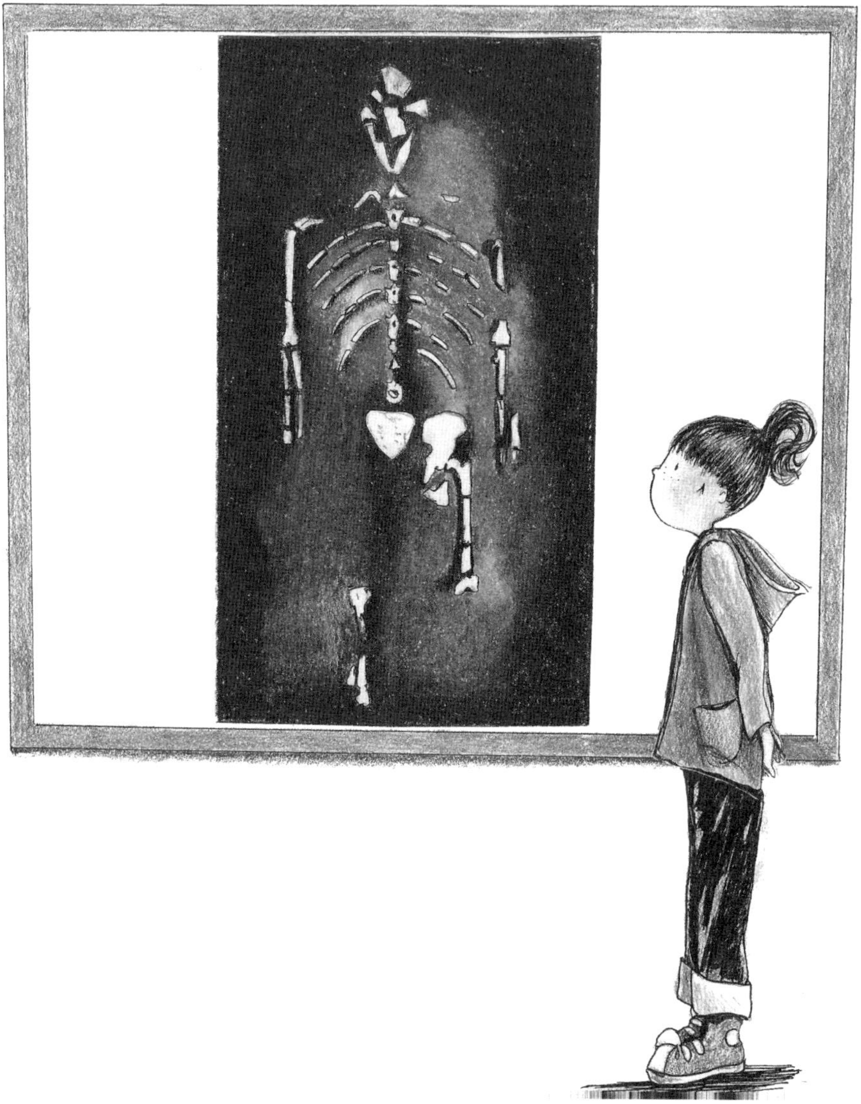

後來，我在實驗桌旁等著觀察化石時，聽到史都華小小聲的對柯林和布洛迪說：「露西不是呆頭鵝！她是化石！」

我真的很想知道，到底是誰讓史都華升上三年級的啊？

第5章

家庭會議

在家裡。晚餐時間，我們開了家庭會議。爸爸做了他最拿手的美味羅宋湯；湯瑪士在碗裡裝了許多小餅乾，堆得像小丘一樣。

「肅靜，現在召開瓦金斯家的家庭會議。」媽媽說：「露西，請點名。」

「爸爸？」我說。

「到！」爸爸答。

「媽媽？」我說。

「有！」她答道。

「露西？」我自己問。「有！」我自己答。

「湯瑪士？」我說。

「嗯嗯嗯。」他答道。他的嘴巴裡塞滿了餅乾，滿到連話都說不清楚。

爸爸說：「非常好，那麼，瓦金斯家應該先討論哪一件事呢？」

「我有事情要說！」我開口道，雖然我不太確定我想談的是我們家的新寵物，還是一個名叫「露西」的古老化石。

媽媽說：「露西，請繼續講。」

我選了新寵物這個話題。「既然我們很快就要養新寵物，我做了一些研究。」

媽媽看看爸爸。

爸爸看看媽媽。

湯瑪士拼命的嚼，而且狼吞虎嚥。「我們要多養一隻狗？真的嗎？」

「吃慢一點，湯瑪士，」我說：「沒有人說要養第二隻狗。」

「也沒有人說要養第二隻寵物，」爸爸說：「至少沒有人曾經對你這麼說，露西。」

唉呀，真是糟了個糕！我怎麼忘了，爸爸媽媽在廚房的那一場談話，是我碰巧聽到的，而我並沒有真的加入他們的對話。

「露西，」媽媽問我：「你偷聽我們講話嗎？」

「呃，我不是故意的，」我說：「你們在說話，我還來不及走開，就聽到了。」

「既然露西提起這件事，我認為我們應該討論一下。」爸爸說。

「我想要多養一隻狗！」湯瑪士聽起來已經打定主意。

「狗是不錯的寵物。」爸爸同意。

「但是養狗很費事。」媽媽說：「第二隻狗會像史隆一樣，要餵，也要刷毛。養貓可能比較不花時間。」

「狗？貓？各位，你們的想像力到哪裡去了？」我轉了轉我的眼珠。狗和貓都好……普通。

「你的建議呢？」媽媽問。

「我不知道。我還沒有做完我的研究。」

「好吧，或許研究一下也是好事。」爸爸說：「因為我們還沒有真正準備好為家裡再添一隻寵物。露西，你就好好做研究，我們以後再討論。」

「這個提議聽起來不錯。」媽媽贊成道。

「我沒有異議。」我說。

「如果不能養第二隻狗，那我想要養一隻恐龍！」湯瑪士說。我相信，他是說真的。

第6章

寵物大調查

第二天早晨，我醒來時，所有的雪都不見了。

爸爸說：「那只是雪季早期的降雪，來得快，去得快。」

我喜歡雪，不過我有點高興雪融了。菲莉波老師告訴我們，我們可以自己去找化石，把找到的化石帶去學校給全班看。雪層覆蓋下，要找化石相當困難。

21號校車在我們學校門口停下來，我向麥克亨利先生揮手道別。我看到可拉站在人行道上等我。她穿著條紋褲襪，冬天外套下是粉紅色和紫色的洋裝。

「你能相信嗎？雪居然不見了！」她說：「我媽媽說，今天稍晚，我們甚至不必穿厚重的外套！」

「那很好啊。」我說：「我們放學後一起去找化石。」

可拉和我約定晚一點在我的實驗室碰面。我家後院的科學實驗室，曾經是遊戲屋，但是今年開學後，我認為對於一個小學三年級的學生來說，研究和觀察遠比遊戲屋重要多了，所以它現在是實驗室。

昨天晚上，晚餐結束後，我拜託媽媽讓我用她的電腦。

由於我在午餐時間的調查進行得並不順利，所以我想擴大調查。後來，我還想到更多調查的問題。我用她的印表機印了二十份問卷，要發給我們全班共二十位同學。

我一走進教室，就告訴菲莉波老師關於我要做調查的事。

「露西，我們把這件事留到今天朝會之後。」她告訴我。我不知道老師有什麼計畫，不過在朝會結束之後，她叫我到教室前方。

「全班同學聽我說，露西在蒐集資訊。『資訊』是『資料』的另一種說法。露西會發下一張調查問卷。問卷上有四個問題。」

菲莉波老師一邊說，我一邊走到各排，發下我的調查問卷。

「我希望你們思考每個問題，然後寫下答案。完成後，把問卷放進我桌上的籃子裡。不要在問卷上寫你的名字。」

「可是，我們的作業都會寫上我們的名字。」喬琪雅說。

「沒錯，但這份問卷，是因為資料蒐集者露西，她想知道全班整體的想法，勝過個人的想法。」

喬琪雅點點頭。

「等到露西的調查有了結果，我們再請她向我們報告。」

哇，我都不知道我的調查會是這樣的大事！

第7章

化石哪裡找？

放學後，21號校車在我家門口讓我下車。我的書包裡裝著一天下來放在菲莉波老師資料匣裡的所有問卷。廚房裡傳來陣陣香氣，於是我往廚房走去，看看裡頭有些什麼好東西。

「嗨，露西，」爸爸問說：「你今天在學校過得怎麼樣？」

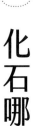

「還不錯。」我說：「爸爸，你在做什麼啊？」

「享用餅乾。今天我不必除雪，接下來會有很長一段時間也不會有草要修剪，所以我決定好好享受一下。」爸爸說：「想來一片嗎？」

是肉桂糖小圓餅！我的最愛！「我可以拿兩片嗎？我一片，可拉一片？」

「當然可以！」爸爸說：「但是你知道你們不能在圖書館裡吃東西嗎？」

「噢，我知道。我們今天要去公園。」

花崗市有三個地方，不必爸爸媽媽陪，我也可以去。可拉家，圖書館，和公園。可拉的家，因為它離我家只有三條街遠，我不必過大馬路就可以到；圖書館，因為黛麗安阿姨是圖書館員，而且圖書館就在可拉家後面；再來是公園，因為它差不多算是我家後院。

趁著爸爸在打包兩片還是溫熱的餅乾時，我換上我的褐色雪靴。既然雪已經融了，我其實沒有必要穿雪靴，可是公園可能會很泥濘。

「謝謝爸爸！」我出門往我的實驗室走去時，高聲喊道：「我晚餐前就回來！」

爸爸提醒我，現在天色比平常更早變暗，所以我必須早點回家。

我到後院看看我的舊遊戲屋（新實驗室）。我已經好幾天沒有進來了，所以到處巡視了一下。所有我在秋天蒐集的標本，都好好的擺在桌子上。我的實驗筆記本有點潮濕，紙看起來皺皺的。我想，我要在下一次下雪之前，把它帶回家裡。

我望向窗外，看到可拉從小徑走來。

「午安，露西公主！」她對著門彎腰鞠躬。

呃，我實在不喜歡可拉的公主遊戲。「很遺憾，我要通知你，露西公主被龍吃掉了。」我說。

可拉露出一臉驚恐。

「這真是太可怕了！那麼，

請問您是哪一位？」

「我就是那隻龍！」我大聲叫道，朝著可拉衝去，假裝要對她噴火。

可拉又是尖叫又是笑，我們兩個人一起跑步穿過後院，進入花崗市公園。爸爸媽媽當初之所以買下我們現在住的房子，就是為了這座公園。我媽媽總是說，我們家的這間房子，她雖然算是喜歡，不過她是在看到公園後，才真正愛上了它。「住在這裡就好像擁有自家的自然保護區一樣！」她這麼告訴大家。

我們一路跑到叢林體育場附近才停下來。可拉問：「我們的化石應該從哪裡開始找起呢？」

「這個嘛，我想任何石頭多的地方都可以。」我說。站在叢林體育場，放眼望去只看到草。很多很多草。

「停車場有很多石頭。」可拉建議。

我不確定停車場的石頭是不是那種會有化石在裡面的石頭，但是舉目望去，也只有那些石頭了。我們走到砂礫地面的停車場。一顆顆小小的灰色砂礫，看起來都一樣，顏色灰白夾雜，邊緣凹凸不平。

「好吧，」可拉說：「希望我們會找到恐龍骨頭！」

「那就太讓人興奮了。」我只敢指望找到小昆蟲的化石，或是諸如此類的有趣東西。

我們彎下腰，仔細盯著地面找。很長一段時間，我們一句話都沒有說。

「你看到什麼有意思的東西了嗎？」我問。我撿起一顆石頭，可是它看起來就和其他石頭沒有兩樣。

「有些石頭有點閃閃發光，」可拉說：「那裡會有化石嗎？」

「我不覺得。」我說。我起身站直。彎腰這麼久，我的背都痛了。

可拉也起身站直。「我覺得天要黑了，」她說著，抬頭看看天空。

整個下午都是多雲的天氣，因此我們看不到日落。不過，可拉說得對，天要黑了。於是，我們稍微加快速度，橫越草地，走進我家後院。

「唉，剛剛不是很好玩。」我說。

可拉笑了。「可是，兩個公主還是在天黑之前趕回城堡啦！」

「沒錯，」我說：「一個是公主，另一個是……」我衝向可拉，把她趕到往她家方向的人行道上，我聽到她一路咯咯咯笑著，接口說道：「噴火龍！」

第8章

資料會說話

晚餐後，我迫不及待要揭曉同學的問卷調查結果。媽媽也很期待。我們把全部問卷放在廚房的桌子上。

「統計時間到！」媽媽說：「露西，我念答案，你做紀錄。準備好了嗎？」

「準備好了！」我說：「第一個問題，你家裡有養寵物嗎？」

我在紙張頁面上方寫下「有」和「沒有」，並按照媽媽念出的答案，在「有」或「沒有」下方畫一條短線。

「現在，計算結果，」媽媽說。我數了數，「有」是14筆，「沒有」是3

筆。

「好的，」媽媽說：「接下來是第二題。」

「等一下。」我說。事情不太對勁。我用筆算了一下。14加3等於17。「媽媽！只有17個答案。但我們班有20個小朋友。」

「哦？我們來看看。」媽媽說：「你自己有填問卷嗎？」

「哦，沒有。我沒有寫問卷。」

「那麼，你應該要有19份問卷。但現在看起來，只有17個人交問卷。」媽媽的臉上出現正在思考的表情。「你們班上的問卷回覆率將近九成。那其實已經非常不錯了。」

不錯？我不認為那聽起來非常不錯。我有點不開心，因為有兩位同學沒有回覆。我猜一定是史都華和布洛迪。也可能是羅根，因為他在午餐時說，他不是喜歡寵物的人。

「我們繼續。第二題。」媽媽說：「如果你有寵物，你的寵物是什麼？好，這一題，你必須多寫一些字。」

媽媽念到的答案裡，有很多「貓」和「狗」，還有「金魚」、「熱帶魚」和「鸚鵡」，可是我不知道「鸚鵡」怎麼寫。另外，也出現「鼬鼠」、「寄居蟹」和「狼蛛」。等媽媽念完問卷，我數了數，有23隻寵物。

「哇！沒想到有這麼多！」我說。

「我也沒想到，」媽媽說：「看來有很多家庭都不只養一種寵物！」

我加總了各種動物的數量。接著，我們進行第三題。

「如果你可以養任何寵物，你會選哪一種？」媽媽念道：「準備好了嗎？」

「開始！」我說。

我寫下的答案有「兔子」、「小老虎」和「玉米蛇」。還有「小貓」、「會說話的鸚鵡」，和許多其他的寵物。這些都是我的同學們心目中的夢幻寵物。

「有人寫『馬達加斯加蟑螂』。」媽媽說著，露出恐怖

1. 刺蝟
2. 袋熊
3. 獅子
4. 兔子
5. 老虎
6. 玉米蛇
7. 小貓
8. 會說
鸚鵡
9. 馬

的表情。

「那一定是卡爾。」我說：「只有卡爾會那麼喜歡昆蟲。」

我點算了所有答案，並在一張乾淨的白紙上寫下所有的統計結果。接著，我做了一張圖表，列出所有的動物，和喜歡牠們的人數。這就是我明天要向全班報告的資料。現在，我知道我的同班同學有哪些寵物，或大家想要哪些寵物了。問題是，我還是不知道我自己想要什麼寵物！

第9章

調查結果，請揭曉

到了學校，我迫不及待要報告我的調查結果了。菲莉波老師保留了休息時間結束後的時段給我。

「小科學家們，我們來聽露西報告。」她說：「露西，請告訴我們，你的資料顯示了哪些結果。」

我站在教室前方，手裡拿著我的報告。菲莉波老師讓我坐在她的高凳上。

「我的資料顯示，我們全班學生一共養了23隻寵物。最受歡迎的寵物是狗，共有12隻。第二受歡迎的寵物是貓，共有6隻。最罕見的寵物是狼蛛。」

「哦，那是很棒的寵物。」菲莉波老師驚嘆道：「誰養了狼蛛？」

我等著看舉手的會是誰。我很確定會是艾迪或卡爾，或者是傑克。因此，當我看到舉手的人是布麗琪時，吃了一驚。

「我們住在紐約市時養的。」她說：「我們的公寓管理員不准住戶養狗。」

「露西，還有呢？」菲莉波老師問。

「哦，還有很多小朋友都想要養寵物。有8個小朋友想要養狗，還有人想要養馬達加斯加蟑螂。」

教室裡，很多小朋友哄堂大笑，或發出作嘔的噪音。我看看卡爾。他咧著嘴，臉上掛著一彎笑容。

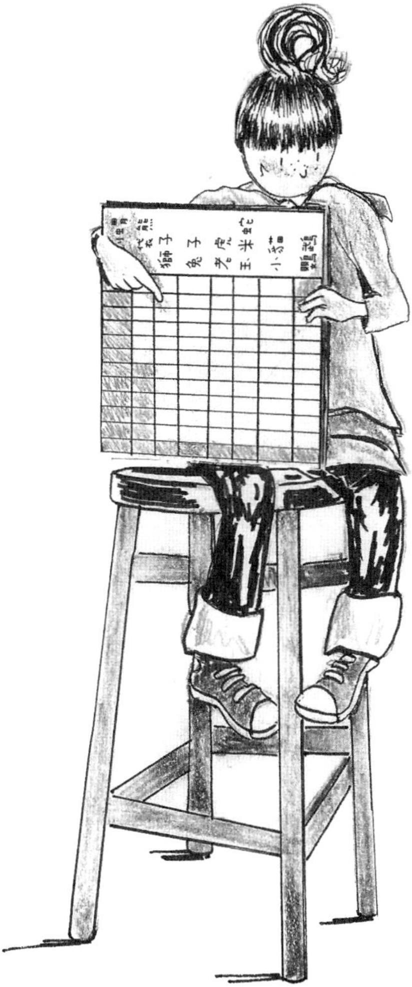

「卡爾，你是蟑螂迷嗎？」菲莉波老師微笑問他。

「只有馬達加斯加蟑螂。」他說：「牠們是最棒的。」

「好的，那麼，我們的寵物現在有昆蟲類、蜘蛛類和哺乳類。」菲莉波老師說：「有爬蟲類嗎？」

「有人想要養豹紋壁虎。」我告訴她。

「爬蟲類動物，是地球上現存與恐龍關係最近的親戚。」

菲莉波老師告訴我們：「講到恐龍，在中午休息時間過後，我們就要繼續討論化石。不過，首先，露西，你做的調查對你有幫助嗎？你和你的家人要養哪一種寵物，你已經想到了嗎？」

「一開始的時候，我本來還沒想到。」我忍不住大大微笑說道：「但是現在，我想我知道了！」

菲莉波老師和全班同學，讓我想到一個很棒的好點子。

每個星期二，可拉都會和我一起回家，留下來吃晚餐，因為圖書館在每個星期二開放到晚上。圖書館閉館後，黛麗安阿姨會過來接可拉。

爸爸今天晚上有聚會，沒有辦法像平常一樣做飯，於是媽媽帶了披薩回家當晚餐。我們家是爸爸負責下廚，有時

候，有人會覺得「爸爸下廚」這件事很有趣，但我很慶幸爸爸是我們家的大廚。因為我媽根本不喜歡下廚！

湯瑪士手裡拿著一隻暴龍走來，還一邊發出吼叫聲。

「恐龍愛吃披薩！」他大叫，爬上椅子，讓暴龍坐在披薩盒旁邊。

「趕快開動囉！」媽媽

說：「披薩要冷了。」

「好！」我答道。看到暴龍，我忽然想到一件事，「媽媽，我們要去哪裡才能找到化石啊？我們的公園化石挖寶之旅，結果慘兮兮。」

「這個嘛，你剛剛好像已經說出答案了。」媽媽用她的教授語氣說道，「大部分化石都埋在很深的地裡，等到地球因為某些原因出現變動，才會出土。」

「所以我們要挖、挖、挖，才能找到化石嗎？」可拉好奇問道。

我怎麼沒想到？我們在公園裡，只有翻找地面上的石頭。可是，如果我們在花崗市公共公園裡挖挖挖，公園管理員應該會不高興吧？突然之間，我有了個主意。

「我們可能要去某個地面已經開挖的地方。」

可拉的眼睛發亮，我們同時說出：「採石場！」

媽媽微笑說：「你們說對了，可是有幾個問題。」

可拉和我又同時唉聲嘆氣起來。

「採石場是危險場所，不適合兩位小小科學家漫遊探索。除此之外，即使你們在花崗市採石場找得到化石，恐怕也不會很多。」

「為什麼呢？」我問。

「因為我們的採石場裡都是花崗岩，」媽媽說：「那就是為什麼我們的城鎮叫做花崗市。」

「可是，花崗岩裡為什麼找不到化石？」我想要知道原因。

媽媽進一步解釋。「岩石有很多種，有些比較堅硬，像是花崗岩，有些比較軟。花崗岩是火成岩，浴室檯面的大理石是變質岩，而大部分化石都藏在較軟的沉積岩裡。」

「那麼，我們要到哪裡才能找到你說的那種岩石呢？」可拉問。

媽媽想了一下，說：「我知道了！」

披薩

她從桌旁起身，從皮包裡拿出手機，按了幾個鍵，把手機貼近耳旁。可拉和我都伸出手，各自再拿了一片披薩。

「她在打電話給誰呀？」可拉輕聲問道。

「我不知道。」我說。媽媽認識很多人。

在簡短的對話以及一連串的「好」和「好

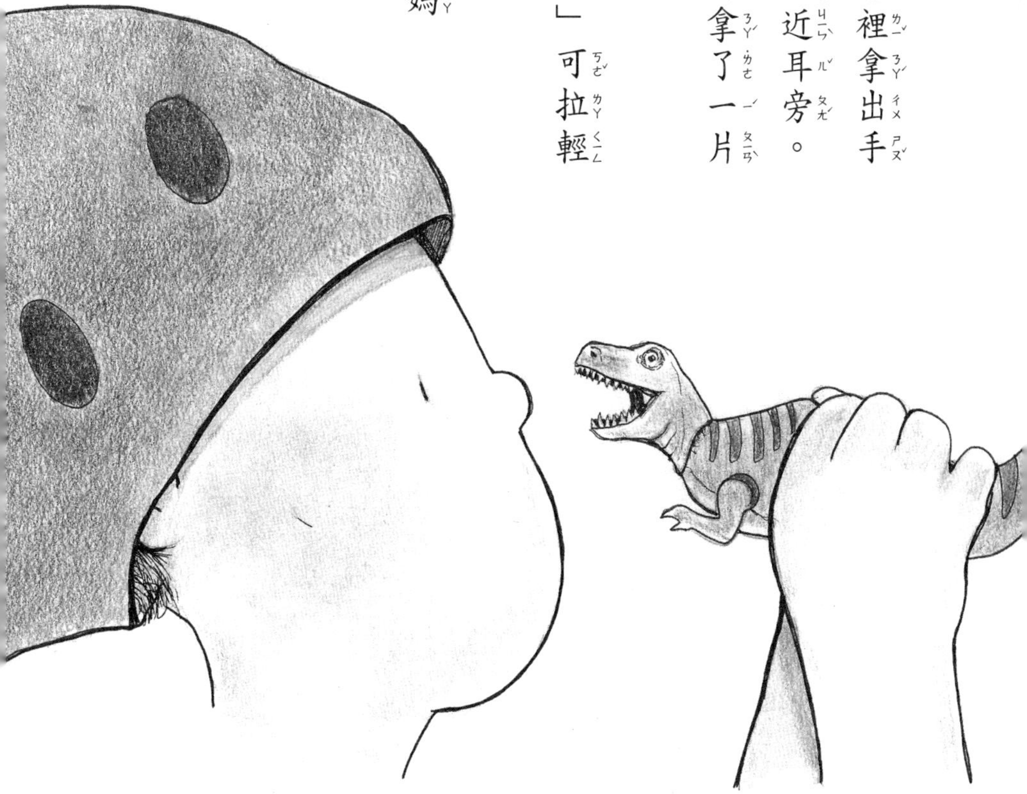

的，那就這樣」還有「謝謝你」之後，媽媽掛上電話。

「全都解決了！這個星期天，我們去九哩溪岸邊，來個化石尋寶之旅！」

「我也要去！」暴龍對著湯瑪士的鼻尖說。

如果我可以做主的話，我才不要讓「牠」去呢。

第10章

挖、洗、看、「噗通」！

星期天早上，陽光明媚。在媽媽還沒換掉她毛絨絨的睡袍和拖鞋之前，我就已經醒來，準備好出門了。

「今天會是個深秋的好天氣。」媽媽說著，喝完她的咖啡。「我再一會兒就準備好了！」

湯瑪士穿著他的腕龍睡衣，重重的拖著步伐下樓來。他還在打呵欠，頭髮看起來像是在睡夢中被恐龍舔過。

「你們要去哪裡啊？」湯瑪士打著呵欠問道。

「找化石，」我告訴他：「和可拉一起。」

「我要跟你們去！」突然間，湯瑪士完全醒了。「再一會兒，我也可以準備好出門了！」

「媽媽！」我抗議問道：「湯瑪士不會真的要和我們一起去吧？」

「抱歉，露西，」媽媽說：「你爸爸今天早上要用大型吹葉機，爸爸工作時，湯瑪士沒有安全的地方可以去。」

「呃，好吧，那他最好不要礙事。」我怨聲道。

「露西，你可以換個角度看事情，」媽媽微笑道：「至少他不會把化石嚇跑。」

喔，那我可不敢確定。

九哩溪其實只是一條穿越城鎮的小溪流。它流經農夫丹恩的牧場，穿越森林和高速公路下方。但是，在那之後，我就不知道九哩溪往哪裡去了。

去年夏天，媽媽和湯瑪士看到大型挖土機在開挖溪流兩岸。那部龐大的機器居然能夠削掉泥土，拓寬溪流兩岸的距離，讓湯瑪士感到很驚奇。

一開始，我們沿著高岸走，但是我很快就發現，溪水的深度其實只有到我的腳踝，於是我開始慢慢往溪流河床中間移動。可拉也踮著腳，走下泥濘的河岸，加入我的行列。

「希望我的紫色靴子不會弄髒。」她緊張的說道。

「只要你踏進溪水裡就不會了。」我說。

「注意看兩岸有沒有古生代的生物證據？」媽媽說。

「古生代？那是什麼啊？」可拉問。

「這個區域找到的許多化石都來自名叫『古生代』的這個時期，」媽媽解釋說：「那差不多是三億到五億年前。」

「哇！我想要找到古生代化石！」我說。

「我找到了！」湯瑪士大叫。他手裡拿著從溪裡撿到的一顆石頭。

「媽媽，」我央求媽媽說：「拜託你告訴湯瑪士，不要擋到我們的路。」

「他會乖乖待在我身邊。」媽媽答應我，並說：「你們兩個繼續往前走。」

「我們走！」我說道，可拉和我跑步涉過淺水，我們的靴子一踩，濺起大大的水花。

媽媽是對的。去年開挖的溪流兩側，雨水把岸上表面的泥土都沖刷走了，露出大大小小的石頭。我們停下腳步，觀察每一顆石頭。

不久，我建立了一套化石尋寶法。先用手指挖出石頭，再把石頭浸入水中洗清，然後把石頭翻來覆去的看，如果沒有看到什麼像化石的有趣東西，就把它拋到腦後，丟進溪流。比較大的石頭落水時還會發出「噗通」的水花聲！

我們就這麼辦。挖、洗、看、「噗通」！挖、洗、看、「噗通」！

可拉是第一個找到化石寶藏的。

「看看這個！」她洗清了一顆石頭後大叫。

我停止挖石頭，走過去看看她挖到了什麼寶。媽媽趕上來，站在我們身後湊近瞧。

「看到這些線條了嗎？」可拉興奮得聲音都變尖了，「我認為它是植物！」

沒錯，她手裡拿的這個小石頭，有一排同方向的線條，還有另一排往另一個方向的線條。

「看起來像是蕨類。」媽媽同意可拉的看法。

「哦耶！我找到化石了！我找到化石了！」可拉蹦

蹦跳跳。泥水濺得到處都是，但她一點也不在意！

這下子，我下定決心，一定要趕快找到一些什麼東西。我開始加速挖、洗、看，再「噗通」！我盡量不放過任何一顆石頭。我可不希望我跳過的那顆石頭裡剛好有最棒的化石。

媽媽找到一顆看起來像小蟲的化石，但她說她無法確定。我們把它放進裝著可拉的蕨類化石的塑膠袋裡，確保它們的安全。接下來，我看到了「它」。它看起來像突出泥地的一根樹枝。我走過去，仔細端詳。我看得出來，它不是木頭。它硬得像石頭一樣。

我立刻啟動「挖、洗、看」程序，但這一次我只能一直

停留在「挖」，不斷的挖、挖、挖。

「媽媽！」

在可拉和媽媽合力幫忙下，我們終於挖出那塊石頭。它和我的手臂一樣長，兩端都有斷裂的痕跡。我把它浸到水裡清洗，接著我們一起看它裡頭有沒有化石。

不一會兒，可拉說：「把它丟了，我沒有看到任何化石。」

媽媽看看我。她的眼睛興奮得發亮，她笑著對我說：「可拉，我不認為我們應該把它丟掉。你在它的表面上看不到任何化石，我想，那是因為它本身就是一個化石。」

我睜大眼睛，看著我手裡這個我找到的東西。「它是骨頭嗎？」

「可能哦！」媽媽說：「我真的不知道，但我認為值得讓別人看看。」

「它是暴龍的骨頭。」湯瑪士信心滿滿的說。

「你怎麼知道？」可拉問。

湯瑪士聳了聳肩，說：「我就是知道。」

「菲莉波老師一定知道。」我說。

我找到的這根骨頭化石，又大又長，小塑膠袋裝不下。我把它夾在腋下，和大家一起走回溪流另一頭，到我們停車的地方。一路上，我們又找到兩顆石頭，它們看起來像是古代的蝸牛留給我們的化石線索。媽媽把它們也放進袋子裡。走回起點的我們，全身溼答答、髒兮兮，但是心中裝著滿滿的好奇。

我等不及

要聽班上同學怎麼稱讚我們這趟化石尋寶之旅的戰利品了！

第11章

是誰在說謊？

星期一早上，我沒有搭校車上學，因為如果我帶著一根又大又長的化石上車，麥克亨利先生可能會不開心。於是，這一天，由爸爸開車送我上學。我們早到了，因為爸爸做任何事一向都會提早。

「沒關係。」我告訴爸爸：「我可以先待在學校圖書館，看看艾瓦蕾茲女士需不需要幫忙。」

我帶著我的化石到我們班教室。關了燈的教室，感覺有點奇怪。我輕手輕腳的走過骨頭先生身邊。

「骨頭先生，別理我。」我說。骨頭先生沒有反應，連一條肌肉都沒有動。當然啦，他沒有任何肌

肉可以動嘛！

我掛好外套和書包後，拿出我的標本，放在科學實驗室的櫃子上。我等不及要讓菲莉波老師看看這個我們星期六在溪邊找到的巨石。

圖書館的燈亮了，於是我主動幫忙艾瓦蕾茲女士把書歸位，放回書架上。艾瓦蕾茲女士對於書要放在正確的書架位置，通常非常講究，但她知道我的黛麗安阿姨在公共圖書館工作，所以她信任可拉和我。

我們聊到花崗市11月的天氣，有時候冷到會下雪，就像那一天一樣，有時候又會像今天一樣，不但暖和，還陽光普照。艾瓦蕾茲女士的圖書館，總是會有美好的事物。在那裡，每樣東西都井然有序，而且我喜歡書的味道。

不久之後，我聽到校車的剎車聲，我看到許許多多小朋友走進校園。

「我要去找我的表姊可拉。」我說著便衝到走廊上。要進教室的每個人都朝著我迎面走來。要穿過人潮，往前門方向走，實在很難。但是我希望可拉一下校車就能遇到我，這樣我們就可以一起告訴菲莉波老師，關於我們化石尋寶探險的事。

可拉的校車到了，很多小朋友都下了車，但沒有一個人穿著粉紅色蓬蓬裙，或是紫色亮片緊身褲。她的校車開走之後，我決定先不找她，於是直接往我們班教室走去。教室內都是小朋友的喧鬧聲，有的在脫外套，有的在講話。

當我看到是誰在和菲莉波老師講話時，頓時停住腳步。史都華手裡拿著的，正是我找到的化石。

菲莉波老師臉上掛著大大的微笑，聽史都華講話。

「這是我昨天找到的，」我聽到他說：「就在我家後院！」

第12章 保持冷靜

史都華居然敢說這樣的謊！

我邁開大步，走向菲莉波老師的書桌旁。

她說：「露西，看了史都華找到的東西，你一定很高興。」

史都華露出奸笑。

「那不是他找到的。」我告訴老師。我努力保持冷靜。

爸爸曾告訴我，一個「火冒三丈」的人，沒有辦法把事情做好。爸爸說到「火冒三丈」這個成語時，我的腦海裡浮現一個鼻孔噴著陣陣熱氣、頭頂衝出熊熊火焰的人。

「不是他找到的？」菲莉波老師問。

在我還來不及解釋之前，史都華搶著插嘴說：「是我找到的。在我家後院，就在昨天。」

為了讓自己聽起來更有說服力，他還加上一句。「真的是我找到的。」史都華這麼說，我反而開始擔心，因為史都華說話的樣子，看起來真的很誠懇。

菲莉波老師看著我。

「是我找到的。就在星期六。我到九哩溪去才找到的。」

史都華把長長的化石抱得更緊了。他非常用力，幸好化石不容易斷裂。

「史都華，」菲莉波說：「告訴我實話。」

但是史都華堅持不改口：「我說的是實話。我已經說了，是我昨天在我家後院找到的。」

我覺得自己快要火冒三丈了。他怎麼可以這樣？他怎麼可以那樣說謊？

「他在說謊！」我說：「我今天提早到學校，把化石放在科學實驗室，是他把它拿走了！」

菲莉波老師的眉頭連著額頭都皺了起來。「這件事實在非常讓人傷腦筋。」她說：「你們兩個人當中，有一個沒有說實話。你們應該都知道，我一直很重視你們要誠實。」

史都華點點頭。我感覺到淚水湧上我的眼眶。接著，我靈機一動。我轉過身。

「可拉！」我大叫。我知道我違反了輕聲細語的規定，但我不在乎。可拉在哪裡？星期六時，她和我一起去九哩溪。她會告訴菲莉波老師整件事情的來龍去脈。

「可拉！」

「露西，」菲莉波老師說：「可拉的媽媽打電話來說，可拉今天要請病假。」

可拉生病了？呃，糟糕。現在沒有人可以證明我說的是實話了。

鐘聲響了，但是所有人一動也不動。大家都在等著看，不知道菲莉波老師要怎麼解決這個大問題！

最後，菲莉波老師伸出手，從史都華手中拿走化石（她拿走的是我的化石！）她說：「這樣吧，在確認這個化石真正的發現者和主人之前，先由我來保管。你們兩個都先回位子坐好。」

史都華跑回他的位子，我走回我的位子。可拉沒來上學。這會是一個漫長的星期一。

晚餐後，媽媽打電話給黛麗安阿姨。可拉喉嚨發炎，至少還要再請兩天假。媽媽告訴黛麗安阿姨，有任何需要就打電話來，然後掛上電話。

「這真是太糟糕了！」我說。

「是啊，喉嚨發炎可不是好玩的，不過可拉會康復的，露西。」媽媽說。

我同情可拉，但讓我心煩的並不是可拉生病了。我踱著步，在家裡走來走去。「媽媽，你不懂！史都華偷了我的化石，我費了好大的勁才克制自己不讓頭頂失火！」

媽媽一臉迷惑。「你說對了，露西，我完全不懂你在說什麼。」

我把所有事情一股腦的全都告訴媽媽：我今天提早到學校，把化石放在標本櫃上；史都華說謊；我必須請可拉告訴菲莉波老師事實的真相。

「我現在要怎麼證明化石是我的？」我問道：「媽媽，你一定要寫個紙條給菲莉波老師。拜託你告訴老師，我們找到化石的事。」

媽媽想了很久才回答道：「當然，我一定會讓菲莉波老師知道，我們在九哩溪找到那塊化石的事。」

呼！好險，我就知道我可以在重要關頭依靠媽媽。

「可是，我們給史都華一天的時間，考慮他要拿他說的謊怎麼辦。我有個感覺，只要給他一點時間，他會做對的事。」

我認為，這是我聽過最荒謬的想法。不過，給史都華一個誠實的機會，我想我也沒有什麼損失。

「好吧。」我同意了。

媽媽微笑說道：「不過，還有一件事，我也不懂。你剛剛說的頭頂失火，是什麼意思啊？」

「噢，」我說：「你知道的，我努力克制自己不要『火冒三丈』啊！事情發生時，我試著保持冷靜，以免頭頂冒出火來。」

媽媽大笑。「這麼說真是太有趣了！露西，沒錯，你用對了成語。你真的很有想像力！」

第13章 真相大白

星期二早上，我們家餐桌上的話題又全都繞著寵物打轉。湯瑪士自己似乎也做了一些研究。

「我們要養恐龍。」他說。

「我想要一隻劍龍。」他說。

「恐龍太大隻了！」我說。

「恐龍是絕種動物。」爸爸補充。

「沒錯，那也是個問題。」我同意道。

但是湯瑪士不肯讓步，他回道：「那有什麼問題嗎？」

「絕種動物啊，」我告訴湯瑪士說：「絕種的意思就是，恐龍已經完全消失了，這個世界上再也不會出現恐龍了。」

聽到我的話，湯瑪士變得不開心。他嘟起嘴巴，把抹了花生醬的吐司推開。

「大家別煩惱，」我說：「我已經為我們家找到完美寵物了。」

爸爸吃了一驚，說，「是嗎？」

「沒錯，」我說。「等到時機成熟，我就會向大家宣布。」

到了學校，我快速走向我們班教室。當我發現，科學實驗室的櫃子空空如也，我那塊特別的化石不見蹤影，我的心臟差點停止跳

動。我偷偷看了一下菲莉波老師的位子——我只是快速一瞥，因為老師對於學生在他們桌上翻找東西都相當敏感。不過，那麼大一塊石頭，應該可以一眼就看到，而老師桌上仍然沒有它的蹤影。

「你看到菲莉波老師了嗎？」我問正在掛外套的敏兒。

「沒有，不過她的毛衣掛在椅背上，所以我知道她已經來了。」我看看菲莉波老師的椅子。敏兒說得對。她是個敏銳的觀察家。

沒多久，菲莉波老師走進教室，她看起來比平常在學校時更雀躍。菲莉波老師是我看過最活力充沛的人。她拍了拍手，每個人都停下手裡的事。

「全班同學，大家趕快回到座位坐好。在詹姆絲校長開朝會之前，我有事情要宣布！」

就在每個人匆匆忙忙就座時，史都華走進教室。

「哇，發生了什麼事啊？」他問。

「史都華，回到你的位子坐好。」菲莉波老師笑瞇瞇的說：「我接下來要說的話，你一定會非常有興趣。」

「和我的化石有關嗎？」史都華問。

「是我的化石才對。」我說。

「是我的……」史都華才剛要開口爭辯，菲莉波老師就制止了他。

每個人都坐定後，菲莉波老師說：「關於我們班某個小朋友在週末找到的化石，我有一件非常有趣的消息要告訴大家。」

全班鴉雀無聲。

「昨天放學後，我帶著那塊化石，去找一位高中科學老師。他親眼見到這塊化石後，嘖嘖稱奇，於是立刻帶著化石前往大學，找到一位古生物學教授做鑑定。」

「哇！」

「噢！」

菲莉波老師繼續說：「教授相信，這可能是長毛象的一段象牙！」

頓時，全班議論紛紛，人聲鼎沸，等到菲莉波老師要大家注意才又安靜下來。

「這是非常重要而令人興奮的發現。」她說：「那位教授要把這塊化石送去做更進一步的研究，大約一週，我們就會知道更多結果。但是，在這段期間，教授想要親自走訪發現化石的地方。」

所有人的目光都投向史都華。史都華看起來沒有一點欣喜的表情。相反的，他在座位裡縮著脖子、駝著背，身體愈壓愈低。

「史都華？」菲莉波老師問：「你可以告訴教授，你發現化石的精確地點嗎？」

史都華臉色發白，比校外教學那天在果園吃進太多蘋果後還要蒼白。

「可以。」他靜靜的回答。

可以？什麼？他真的要繼續說謊嗎？

史都華靜靜溜下椅子，走向標本櫃，說：「就在這裡。」他用幾乎聽不到的微弱氣音說：「對不起。我說了謊。它不是我在我家後院找到

的。那天開始上課之前，我發現它就放在這裡。」

菲莉波老師對史都華說，她很欣慰史都華決定說實話，但是老師會在休息時間找他談話。

「那麼，」她說：「露西，你能夠告訴教授，你究竟是在哪裡找到化石的嗎？」

我抬頭挺胸，坐直了身子，大聲回答：「那當然！」

第14章

重大決定

放學後，我在後院找到爸爸，他正在劈開從我們家某棵樹掉下來的樹枝。

「露西，幸好它不是掉在你的遊戲屋上。」爸爸一邊說著，一邊用他的斧頭砍樹枝，樹枝斷裂成兩半。

「爸爸，是『實驗室』！」我糾正他說：「那是我的科學實驗室。」

「噢，那當然，我忘了。」爸爸說：「露西，退後一點，你永遠不知道斧頭什麼時候會變成飛刀！」

我一邊看著爸爸砍樹枝，一邊告訴爸爸關於菲莉波老師、教授、化石和史都華認錯的種種事情。

「這個嘛，真是想不到啊！長毛象耶！不要告訴湯瑪士，不然他下一次會想要養長毛象當寵物！」

「講到寵物，這個週末，我們可以去寵物店一下嗎？」

「只是去看看呢？還是要買什麼？」爸爸問。

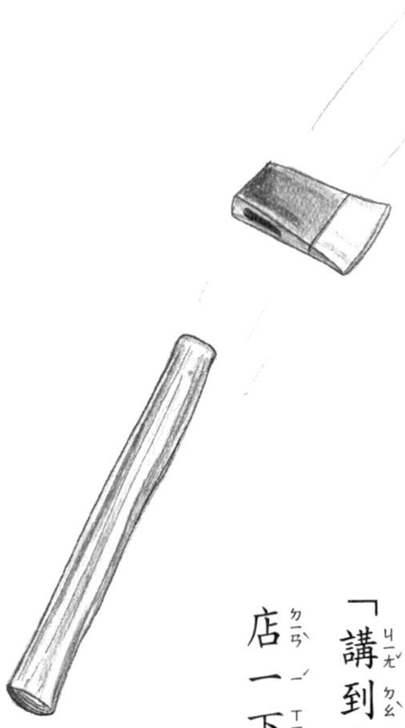

「我想，這要由你來決定！」

星期五，可拉回到學校。她帶來她在九哩溪找到的那顆像是蕨類的化石。菲莉波老師把它放在科學實驗

室，供全班同學用放大鏡觀察。

「你錯過了所有的精采好事。」在我們排隊削鉛筆時，我告訴可拉。

「這個嘛，並不是錯過全部的好事！」菲莉波老師說。我甚至不知道她就站在我後面！她又說：「我有來自大學的消息。」

菲莉波老師眨了眨眼，我知道一定是好消息。擴音器裡詹姆絲校長的宣布事項結束後，菲莉波老師要我們集合開朝會。

「大學的古生物學家通知了我們一些資訊，和露西的化石有關。」

我坐直了身子，房間裡一片安靜，彷彿在等待大獎揭曉。

「初步的測定顯示，化石最有可能來自冰河時期，幾乎可以肯定是長毛象的象牙！」她微笑說道。

「咿呀！」泰莎尖聲歡呼，每個人都在鼓掌。

「露西，這非常特別。」菲莉波老師說：「你找到的是可以研究的證據。它能提供重要線索，推測花崗市在還沒有居民、房舍和學校之前，是什麼樣子。」

我真不敢相信。我們只不過走在一片尋常田野裡的一條尋常溪流裡，居然可以找到如此重要無比的東西。

星期六傍晚，車子停在家門前的車道上時，天已經黑了。

「冬天就要來了。」爸爸看著滿天星斗的清朗夜空說。

「我希望湯瑪士還醒著。」我說，我腿上的箱子輕輕抽動了一下。

「噢，他如果沒看到我們帶什麼東西回家，絕對不會上床睡覺。」爸爸要我放心。

我們的新寵物讓我雀躍不已，幾乎捺按不住興奮的心情。箱子比我預期的還要重，只要「牠」動來動去，箱子就開始搖晃，讓我幾乎拿不穩。爸爸幫我拉開門，我都還沒踏進客廳，就看到穿著腕龍睡衣的湯瑪士。

我這個弟弟，一看到箱子就嘟起嘴說：「那個箱子太小了，裝不下一隻恐龍！裡頭是天竺鼠，對不對？我不想要天竺鼠。我想要恐龍。」

媽媽走過來，笑著說：「啊，我看你們的寵物店之行很有收穫嘛！」

我們把箱子放在廚房桌子上，湯瑪士爬上一張椅子。

「湯瑪士，你知道恐龍是絕種動物。」我說：「我們找不到恐龍，但我們找到一隻最像的。」

我小心翼翼的打開箱子，裡頭的鬃獅蜥蜴抬頭望著我們，露出牠那布滿鱗片的皮膚和長著尖刺的脖子。牠眨眨眼，走了幾步，前後擺動著牠那條長長的蜥蜴尾巴。

「你們真的找到一隻恐龍了！」湯瑪士高興的尖叫。

「這是鬃獅蜥蜴，」我說：「牠的外號是『長鬍鬚的龍』。你必須保持冷靜和安靜，不然會嚇到牠。」

「沒問題，」湯瑪士悄聲說：「我會非常安靜。」他盯著我們最新的寵物瞧，嘴角露出一抹微笑。「我可不想嚇到牠。」

「那麼，」我問湯瑪士：「你喜歡牠嗎？」

「喜歡！」他大聲答道：「如果不能養真的恐龍，能養一條龍也很完美！只是——」

「只是什麼？」

湯瑪士搖著頭說：「我們一定要讓牠和可拉保持距離。」

「可拉？為什麼？」我問。

「因為，公主和龍永遠沒辦法和平共處！」

附錄

讀完以後，想一想，找找看

出題老師／**康書頻**（國立鳳新高中國文科老師，以及一個擁有冒險精神的五歲小女孩的媽媽）

1. 在下雪天中，露西接到「機器人」打來的電話。這通電話告訴她什麼訊息？（第1章）

2. 下雪天中，露西、湯瑪士和露西爸爸，各自有什麼事情要做呢？請說說看。（第1章）

3. 進入圖書館後，露西用什麼方法找到她想找的書？她找這本書的目的是什麼？（第2章）

4. 露西在午餐時間對她的組員進行意見調查，請問她得到的意見調查結果是什麼？（第3章）

5. 請問菲莉波老師在科學實驗室桌上，用白布蓋住的是什麼東西？（第4章）

6. 在課堂中，菲莉波老師向同學們介紹了一樣也叫作「露西」的東西，請問那是什麼呢？（第4章）

7. 在瓦金斯家的家庭會議中，露西提出來討論的話題是什麼？會議最後的決議又是什麼呢？（第5章）

8. 菲莉波老師對同學說露西在「蒐集資訊」，請問露西用來蒐集資訊的方法是什麼？請說出她搜尋的方法和步驟。（第6章）

9. 請問可拉和露西在公園中尋找什麼？為什麼她們最後決定到停車場尋找呢？（第7章）

10. 請問露西在班上發放的問卷，回覆率九成是怎麼算出來的？（第8章）

11. 根據露西的調查結果，班上同學最想養哪些寵物？如果是你，你最想養什麼寵物呢？（第8章）

12. 根據露西發表的調查結果，班上同學飼養的寵物可分成哪些類別？布麗琪的寵物和卡爾的喜好分別屬於哪些類別？（第9章）

13. 為什麼在採石場中找不到化石？露西的媽媽幫露西和卡拉找到什麼地方，作為採集化石的地點？（第9章）

14. 露西使用什麼方法來尋找化石？卡拉和露西分別找到什麼

化石呢？請嘗試描述這兩種化石的分類和特徵。（第10章）

15. 星期一早上，露西到校之後做了哪些事？請依序列出。（例：看看骨頭先生→放好標本→……）（第11章）

16. 為什麼露西會說她的頭頂「失火」了？她想說的是哪一個成語？（第12章）

17. 露西媽媽面對露西在學校遇到的狀況，她給予露西什麼建議？（第12章）

18. 請問露西發現的是什麼生物的化石？（第13章）

19. 當史都華承認自己的錯誤時，菲莉波老師做了什麼樣的處置？（第13章）

20. 露西發現的化石可以提供考古學家哪一方面的線索？（第14章）

21. 露西最後和爸爸一起挑選了什麼生物當做寵物？挑選這種生物當作寵物的理由是什麼？（第14章）

國家圖書館出版品預行編目 (CIP) 資料

露西實驗室 . 3, 神祕化石事件 / 蜜雪兒 . 胡慈 (Michelle Houts) 作 ; 伊莉莎白 . 澤蔻兒 (Elizabeth Zechel) 繪 ; 周宜芳譯 . -- 初版 . -- 新北市 : 字畝文化創意出版 : 遠足文化發行 , 2018.10
面； 公分
譯自 : The colossal fossil fiasco
ISBN 978-986-96744-7-8(平裝)
874.59 107015982

XBSY0012

露西實驗室3 神祕化石事件

作者｜蜜雪兒・胡慈（Michelle Houts）
繪者｜伊莉莎白・澤蔻兒（Elizabeth Zechel）
譯者｜周宜芳

字畝文化創意有限公司
社　　長｜馮季眉
責任編輯｜吳令葳
編　　輯｜戴鈺娟、陳心方、巫佳蓮
美術設計｜張簡至真

讀書共和國出版集團
社長｜郭重興　發行人｜曾大福
業務平臺總經理｜李雪麗　業務平臺副總經理｜李復民
實體通路協理｜林詩富　網路暨海外通路協理｜張鑫峰　特販通路協理｜陳綺瑩
印務協理｜江域平　印務主任｜李孟儒

出　　版｜字畝文化創意有限公司
發　　行｜遠足文化事業股份有限公司
地　　址｜231 新北市新店區民權路 108-2 號 9 樓
電　　話｜(02)2218-1417
傳　　真｜(02)8667-1065
電子信箱｜service@bookrep.com.tw
網　　址｜www.bookrep.com.tw

法律顧問｜華洋法律事務所　蘇文生律師
印　　製｜中原造像股份有限公司

2018 年 10 月 11 日　初版一刷　定價：280 元
2023 年 1 月　　　　初版九刷
ISBN 978-986-96744-7-8（平裝）　書號：XBSY0012